Fibi und ihr Einhorn

Volle Fahrt ins Glück

Fibi und ihr Einhorn

Volle Fahrt ins Glück

Dana Simpson

h.f.ullmann

Einleitung

Es ist noch gar nicht so lange her, da hätte jeder, dem ich diesen klugen, lustigen und süßen Comicstrip über ein Mädchen und ihr Einhorn empfohlen hätte, die Augen verdreht und ernsthaft meinen Entwicklungsstand in Frage gestellt.

Doch die Zeiten ändern sich! Dana Simpson ist mit „Fibi und ihr Einhorn" eine Punktlandung gelungen und knüpft nahtlos an einen beispiellosen Trend an, der mit Humor und unverstelltem, offenem Blick die reale Gedanken-, Gefühls- und Erfahrungswelt junger Mädchen erkundet.

Die neuen Medien fangen endlich an, Frauen und Mädchen als ganz normale menschliche Wesen zu zeigen. Noch vor fünfzig Jahren – ach was, vor fünf*zehn* Jahren – gründete fast jede Darstellung eines jungen Mädchens auf einem übertrieben idealisierten, vergangenen Frauenbild. Mädchen in Comics und Zeichentrickfilmen waren entweder frühreife Dinger, rechthaberische Nervensägen oder zarte, entrückte Schönheiten, selbst die Jüngsten unter ihnen. Sie wurden verklärt und idealisiert, und aufgrund dieses Blickwinkels blieb der Zuschauer auf Abstand. Die Darstellung von Fibi hingegen ist bezeichnend für eine veränderte, sehr moderne und sehr erfrischende Sichtweise auf junge Mädchen und ihre Belange. Fibi interessiert sich zwar für viele der üblichen Mädchenthemen, dennoch fühlen wir alle mit ihr, egal welchen Geschlechts oder Alters. Wir beobachten sie nicht aus der letzten Reihe, sondern stehen mit ihr auf der Bühne, gehen gemeinsam durch dick und dünn. Sie ist kein Püppchen, das man beschützen oder bewundern muss; nein, wir erkennen uns selbst in ihr wieder, denn sie ist nicht nur jedes Mädchen, sondern jedes Kind – sie ist, wie wir alle.

Und was Maiglöckchen Samtnüster anbelangt: Anhand ihrer Figur wird das Konzept von Eitelkeit als angeblich „weibliche" Schwäche, die man gemeinhin Gegenspielern und Schurken zuordnet, auf den Kopf gestellt. Ja, Maiglöckchen ist eitel, aber sie ist auch fürsorglich und aufmerksam, sie hält ihre Versprechen, und selbst wenn sie uns immer wieder daran erinnert, dass grundsätzlich jedes Wesen unter ihrer Würde ist, können wir uns sicher sein, dass sie niemanden herablassend behandelt. Sie ist absolut selbstverliebt, doch stört sie das nicht im Geringsten, und ganz ehrlich, wäre es nicht schön, wenn wir alle so frei wären, uns selbst etwas mehr zu lieben? Maiglöckchens Eitelkeit wird nicht als verachtenswerte Eigenschaft dargestellt, sondern als lustig, amüsant und absolut liebenswert. Manche würden sagen, dass alleine diese Qualitäten schon einen besten Freund ausmachen.

Im Zusammenspiel dieser beiden Archetypen moderner Weiblichkeit lernen wir nicht nur, wie wahre, herzerwärmende Freundschaft aussieht, sondern erfahren auch ein bisschen mehr über uns selbst und über das, wonach wir streben. Was jedoch wahrscheinlich am Wichtigsten ist: Sie bringen uns zum Lachen.

Hoffen wir also, dass wir Mädchen, die von Einhörnern und Magie träumen, bald nicht mehr belächeln. Es ist an der Zeit, wie Dana Simpson zu begreifen, dass kleine Mädchen etwas auf dem Kasten haben und ein kleines bisschen Magie uns durch die Irrungen und Wirrungen des Lebens helfen kann. Lehnt euch zurück – Mädchen, Jungs, Kinder, Erwachsene – und erfreut euch an „Fibi und ihr Einhorn“.

— Lauren Faust

Erfinderin von „My little Pony – Freundschaft ist Magie“

Januar 2015

Vor fast einem Jahr haben wir uns kennengelernt.
Es kommt mir vor wie eine Ewigkeit!
Damals war ich noch jung und unschuldig.
Und jetzt bist du alt und grau.
Ich habe seitdem **ZWEI MILCHZÄHNE VERLOREN.**
dana

Warst du einsam, bevor wir Freunde wurden?
Ich lebte zurückgezogen, hatte aber ein erfülltes Seelenleben!
Vor fast einem Jahr
Ich ICH ICH ich iiich ICH ich ICH ich ICH ICH ICH

Warst du einsam,
bevor wir Freunde wurden?
Vor knapp einem Jahr
STREEEEEBER!
Nicht wirklich.

Daria hatte mich erst seit Kurzem auf dem Kieker.
Na, du Streber! Wird nach der Schule noch ein bisschen weitergestrebt?
Nein!
Ich feile höchstens noch ein wenig an meinem **FREIWILLIGEN REFERAT**!
dana
Das hätte ich besser nicht gesagt.
Ja, das war ziemlich dumm.

Immer wenn Daria übertrieben gemein war, bin ich zum Teich gegangen.
„Dort haben wir uns übrigens auch kennengelernt."
Blöde Daria!
Ich würde zu gerne diesen Stein in ihr blödes Gesicht werfen!
Stattdessen hast du ihn in **mein** blödes Gesicht geworfen!
Dein Gesicht ist nicht **wirklich** blöd.
dana

Ich wusste gar nicht, dass der Teich dein Wutort ist.
Als wir uns trafen, warst du da auch wütend?
Und wie! An dem Tag hat meine Mom das Allerschlimmste der Welt zu mir gesagt!!
Und zwar?
Ach, keine Ahnung.
dana

Blöde Mom. „Ich bin Mom! Bla, bla, bla! Ich bin eine riesengroße Doofnuss!"
AU!
Das Wort „Doofnuss" hört man als Einhorn eher selten, oder?
Du würdest dich wundern.
dana

Wenn du wütend bist, kommst du also hierher, wirfst Steine und fühlst dich besser?
Glaub schon.
pftou
platsch
dana
Verstehe ich nicht.
Vielleicht braucht man dafür auch Daumen.

Jetzt komm schon!
Nur noch eine Sekunde ...
Warum? Das Wasser kräuselt sich heute!
Ich bin so WUNDERSCHÖN verkräuselt.
dana

In letzter Zeit gehst du nur noch selten zu deinem Wutort, oder?
Ich bin wohl seltener wütend, seit wir abhängen.
dana
Seit wir „abhängen", verschwende **ICH** nicht mehr Jahrzehnte damit, mein Spiegelbild zu bewundern.
Ich bin toll!
Und **ICH** entzückend.

Ich hatte einen SCHRECKLICHEN ALBTRAUM letzte Nacht.
Ich musste Zeit mit einer Person verbringen, die FAST SO HÜBSCH WAR WIE ICH.
Ich war noch NIE so froh wie heute, DICH zu sehen!
Gern geschehen?
Einhörner sind immer gerne gesehen!
dana

Mom, schau mal, was ich gefunden habe! Was ist das?
Ein Telefon.
Das da?!
Ehrenwort.
dana

Das ist Kassiopeia, und das ist Orion.
Haben Einhörner auch Sternbilder?
Na klar.
dana
Das ist Bartholomäus, das Einhorn ... und das Andra, das Einhorn ... das Manni, das Einhorn ...
Keine Menschen?
Doch ... irgendwo da oben müsste auch ein pinkfarbener Klumpen sein.

Maiglöckchen, wofür bist du am meisten dankbar?
DAS ist einfach.
FÜR MODE!
Wollte schon sagen: Hut ab vor diesen Fesselschonern!
dana

Eigentlich sollte es nur an Schultagen regnen.
Alles Üble müsste sich auf diese Tage konzentrieren, damit man die restlichen in vollen Zügen genießen kann.
Aber MICH fragt ja keiner.
Ich dich auch nicht, aber MICH betrifft das auch nicht.
dana

Lange Wochenenden werfen mich immer komplett aus der Bahn.
Am zweiten Tag fühlt man sich wie an einem Sonntag und GRUSELT sich vor dem nächsten Tag.
Und am dritten Tag ohne Schule wird alles ganz ... SURREAL.
Als wäre nicht wirklich Samstag, sondern Montag, nur ohne Schule.
Man wird ganz **GAGA**.
Richtig. Es ist regelrecht zum Mäusemelken.
dana

Warum bist du eigentlich viel klüger als ein Pferd?
Du bist doch AUCH etwas klüger als ein Pferd.
Ich BIN aber kein Pferd.
Ich doch auch nicht.
Du bist aber näher dran.
Inwiefern?
Du hast vier Hufe und einen Schweif.
DU hast kein Horn und leuchtest nicht im Dunkeln.
Einigen wir uns darauf, dass wir beide keine Pferde sind.
„Etwas" klüger?

Was ist das Tollste, das du je gesehen hast?
EASY!
Abgesehen von dir.
Oder von der Reflektion deines Spiegelbildes.
Jetzt machst du es unnötig kompliziert.
dana

Ich sah Kulturen entstehen und wieder zerfallen.
Sah Ozeane versiegen und zu Wäldern werden.
Sah die Geburt und den Tod von Sternen.
dana
Doch das Foto deines Vaters beim Niesen toppt einfach alles!
ICH WEISS!

Eines Tages in der Pause ...

Du hast ja **so was von** gepopelt!
Gar nicht.
Na **klar!**
Gar **nicht!**
NA KLAR!
GAR NICHT!
Dabei hatte sie so was von recht.
War klar.
dana

Bevor wir mit dem Buchstabieren anfangen, möchte ich etwas klarstellen.
Ich habe eine Erklärung vorbereitet.
„Ich, Fibi, werde die Ereignisse rund um die Popelaffäre weder bestätigen noch bestreiten."
dana
„Popelaffäre"?
Wenn man mich schon als Poplerin outet, dann möchte ich wenigstens BERÜCHTIGT dafür sein.

Also, was auch immer Daria
über mich—
Daria spricht nicht mit mir.
Stimmt, das tut
sie nicht.
Genau.
Manchmal vergesse ich, dass ich
nicht der einzige hoffnungslose Fall
an unserer Schule bin.
Danke.
dana

räusper
Ich bin ein Einhorn, wie es im Buche steht.
Kann zaubern, bis mir die Lust vergeht.
Mich grüßen täglich Trompeten und Fanfaren.
Spieße auf mein Horn die köstlichsten Waren.
Es fehlen die Hände, doch Not macht erfinderisch.
MHN
Mit Magie gelingt mir alles und das ganz spielerisch.
Ich bin so schön, dass es sich nicht leugnen lässt.
Mich anzusehen ist ein wahres Fest!
Stimmt doch.
Na klar.

Zwischen Nikolaus und Weihnachten läuft es in der Schule nie rund.
Sie bringen uns nichts Neues bei, weil wir es über die Ferien sowieso vergessen würden, ...
... und wiederholen nichts Altes, da wir zu sehr damit beschäftigt sind, die Tage bis Weihnachten zu zählen.
dana
Warum dann noch zur Schule gehen?
Meine Theorie: Niemand kommt an der Bastelpapiermafia vorbei.

SCHNIPP
SCHNAPP
SCHNIPP
SCHNIPP
Ups
Den Weihnachtsmann zu köpfen, ist sicher ein böses Omen.
dana

Äh ... wieso um Himmels willen hast du dem Weihnachtsmann den Kopf abgeschnitten?!
Weil er ZU VIELE FRAGEN GESTELLT HAT.
HERR LEHRER!
Du könntest zumindest das Grinsen unterlassen, wenn du mit einem Tadel nach Hause kommst.

KLING KLING
HÜ! HÜ!
Was?
Lauf zu ... bitte.
dana

Schneller! Schneller!
Warum?
Weil es mittlerweile schon in einer Stunde dunkel wird!
Wir müssen DEN TAG BEIM SCHOPFE PACKEN!
Geht das, auch ohne an meinem Schopf zu reißen?
Für potenzielle Stürze haben wir leider keine Zeit.

Im Sommer scheint die Sonne länger, Geschenke gibt es aber nur selten.
Im Winter bekommt man zwar Geschenke, dafür ist es kalt und dunkel.
Ich frage mich, was eine Kombination aus Sonnenschein und Geschenken ergeben würde.
Einhörner.
Es war klar, dass du das sagen würdest.
dana

JA!
Ja, was?
Ja, ich kann Gedanken lesen!
Ich hab gar nichts gefragt.
Aber gedacht.
Hab ich nicht.
Wer denn dann?
Du vielleicht?
Ich ... kann also meine Gedanken lesen?
Jepp.
Hm.
Kannst DU die Gedanken von Einhörnern lesen?
Nein.
Magie.

Dad, was könnte man einem Einhorn Tolles zu Weihnachten schenken?
Einhörner lieben Kinder, die den Abwasch übernehmen und ihre Väter entlasten.
Warum frage ich überhaupt?
Das frage ich mich auch.
dana

Bestimmt schenkt mir Maiglöckchen das tollste Weihnachts-geschenk EVER!
Als meine beste Freundin verdient sie auch ein besonderes Geschenk.
Was mag sie denn?
Vor allem sich selbst.
Sich selbst hat sie doch schon.
So sieht's aus.
dana

Darf ich dir eine hypothetische Frage stellen?
Natürlich.
Nehmen wir mal an, ich hätte eine Freundin, die nach dem perfekten Geschenk für eine perfekte Freundin sucht—
Perfekter als ICH?
Was? Nein!
Puh! Ich wäre nur ungern hypothetisch auf jemanden eifersüchtig.
Das war jetzt knapp.
dana

10 Dinge, die Maiglöckchen noch nicht haben dürfte:
1. Hosen
Hehe He
Schau mal, was ich habe!
1. Hosen
dana

Was machst du, wenn es dir schwerfällt, eine Entscheidung zu treffen?
Ich konsultiere die FRAGE-ELFE.
Ich lade sie in meine Träume ein und stelle meine Fragen.
Das kommt aber selten vor, da ich meistens von MIR träume.
Das macht Sinn.

Cool! Ich träume!
Mach Mathe!
Mathe
Blödes Unterbewusstsein.
dana

„Lass die Sonne in dein Herz, schick die Sehnsucht himmelwärts", hat Mom früher immer gesungen.

Ich hab einen Ohrwurm davon.
Daran bin ich wohl schuld.

Mathe
dana
Hey.
Mathe
Was?
Ich bin deine Frage-Elfe.
Warum siehst du aus wie Maiglöckchen?
Weil du nur ein einziges magisches Wesen kennst.

Dir schwirrt eine Frage durch den Kopf.
Ich bin hier, um sie dir zu beantworten.
Können Einhörner in der Nase popeln?
Das ist **nicht** deine Frage.
Das ist **eine** Frage.

Maiglöckchen wird mir bestimmt ein tolles Weihnachtsgeschenk machen.
Ich möchte ihr auch etwas Tolles schenken, weiß aber nicht, was.
Wie wäre es mit dem GESCHENK DER WAHREN FREUNDSCHAFT?
Wie öde.
Das ist **dein** Traum, okay?
dana

Wahre Freundschaft achtet Freiheit.
Wenn du jemanden liebst, ...
... gib ihn frei.
Die Frage-Elfe gibt ja die gleichen Ratschläge wie Mom!
dana

Erinnerst du dich noch an unser erstes Treffen, Glöckchen?
Natürlich.
Du hast mich mit einem Stein beworfen, und ich habe dir den Wunsch gewährt, deine beste Freundin zu werden.
Und seitdem hängen wir gemeinsam ab.
Einhörer „hängen" nicht „ab".
Einhörner machen doch nichts anderes.
dana

Mein Weihnachtsgeschenk an dich ist die Freiheit, die ich dir hiermit zurückgebe.
Du brauchst nicht mehr meine Freundin sein.
Darf ich denn deine Freundin **bleiben**, wenn ich es möchte?
Den Schnodder wasche ich dir später aus der Mähne, okay?
Auf **jeden** Fall.
dana

Hier sah ich dich zum ersten Mal.
Du standest auf der anderen Seite, in Nebel gehüllt.
Nie zuvor hatte ich eine so schöne und reine Kreatur gesehen.
BÄÄH SPUCK WÜRG
Stinkwanze.
Elegant wie immer!

Mein einziges anderes Weihnachts-
geschenk für dich ist dieser Apfel.
So einen wollte
ich schon
immer!
Du isst doch
ständig Äpfel.
Weil ich Äpfel eben
immer will.
dana

Ich habe auch ein Geschenk für dich. Wir bleiben beste Freunde, ...
... doch dieses Mal, weil wir es **beide** wünschen.
Dein Geschenk an mich ist, dass alles beim Alten bleibt?
Ja.
Brillant eingefädelt!
Einhorn.

Stehst du bitte auf! Du sitzt auf dem letzten Rest Geschenkpapier.
NEIN!
Wie bitte?!
dana
Dieser Rest ist alles, was von Weihnachten übrig ist. Ich protestiere.
Du hast genau zehn Minuten, wie letztes Jahr.
Dieses Mal knicke ich nicht ein, heiliges Indianerehrenwort!

Mit Magie betrogen.
Mit **Daumen** betrogen.
dana

An Silvester darf ich immer bis nach Mitternacht aufbleiben!
Das ist so aufregend!
Sicher hast du Großes vor!
dana
Ich werde beobachten, wie sich **DAS DATUM AUF MEINEM HANDY ÄNDERT!!**
Hurra.

Ich habe extra diese App heruntergeladen.
Einen **Ball**, der ... **rollt**.
Wohin?
Google mal.
Schon dabei.
dana

Heyyy, ihr Loser! Vlog-Time!
Hier ist SoDaria.
Schaut mal, was ich diese Weihnachten abgeräumt habe.
Tablet, Handy, cooler Glitzer ...
Mist. Ich will ein Einhorn!
Macht mich Schadenfreude zu einem schlechten Menschen?
Sie macht dich menschlich, und ich habe sie dir schon verziehen.

Hast du auch Vorsätze fürs neue Jahr?
Ich habe mir vorgenommen, genauso perfekt zu sein wie letztes Jahr.
Und ich, mich vor dem Popeln besser umzusehen.
Dein Ehrgeiz beschämt mich.
Dich beschämt gar nichts.
dana

„Neujahr" ist doch sowieso nur ein x-beliebiger Tag im Kalender.
flutsch
Happy new year
Ist **das** jetzt ein gutes Omen?
Gute Omen werden idealerweise **nicht** erzwungen.
dana

WOOHOOOOOOOOOOOOOOOO!
Ich liebe es, wenn wir den Hügel hinuntersausen.
Und ich, wenn du dabei quiekst.
Ich weiß!
dana

Ich wette, du freust dich schon mega auf den Buchstabierwettbewerb.
„ARGH, endlich kann ich ALLEN BEWEISEN, WAS FÜR EIN RIESEN STREBER ICH BIN."
prust
Hihi. Ganz genau.
dana

DÜRFEN wir eigentlich noch zusammen üben? Heute ist doch der Buchstabierwettbewerb ...
... und wir treten **gegeneinander** an.
Buchstabiere „Bräuche".
Das H-Ä-T-T-E-S-T du wohl gerne!
dana

Viel Erfolg beim Buchstabier-wettbewerb. Ich hoffe, du gewinnst.
Wie er das wohl **gemeint** hat?
So, wie er es gesagt hat?
Das ist ganz sicher eine multipsychologische Superfalle.
dana

Dad, wie waren Flugsaurier wirklich?
So alt bin ich nicht.
Die Französische Revolution?
So alt auch nicht.
Das Grammofon? Laurel und Hardy? Die Beatles?
Nee. Nee. Nee.
Der Game Boy?
Der war der Knaller!
Ha! ALT!
Jepp.

A-P-P-O-G-I-A-T-U-R-A
Appogiatura.
Sehr schön, Fibi.
Danke.
Jetzt bitte das Wort, das du bekommen hast.
Äste. Ä-S-T-E. Äste.
dana

Warum ist Max so still?
Es ist ihm egal, ob er gewinnt oder nicht. Er ruht in sich.
Will ich ihn eigentlich noch besiegen?
Gibt es ein Wort für das, was ich gerade fühle?
A-M-B-I-V-A-L-E-N-Z. Ambivalenz.
Richtig.
dana

Herzlichen Glückwunsch, Max und Fibi. Ihr seid im Finale.
Seid ihr bereit für die entscheidende Runde?
Du hältst meine Hand.
Tu ich nicht.
dana

Äh.
Z?
Nein, nicht Z. Ich meine ... W. Glaub ich.
Oder weiter vorne im Alphabet ... ein C?
Vielleicht ein Vokal?
Fibi, lass Max' Hand los, damit er sich konzentrieren kann.
dana

Das war leider falsch, Max.
Fibi, buchstabiere „Triumph".
Äh.
flüster
flüster
Nein, Fibi, du hast nicht das Recht, die Aussage zu verweigern.
dana

Ich habe gewonnen, weil ich „Triumph“ buchstabieren konnte.
Versteh mich nicht falsch, ich **liebe** meine Siegerurkunde!
Aber irgendwie **wollte** ich Max nicht mehr besiegen. Es war fast schon …
Ironisch?
Mom sagt, Ironie ist das Salz in unserer Suppe.
dana

Maiglöckchen, schau mal! Ich kann jetzt auch zaubern!
Zieh eine Karte!
Okay.
Jetzt nehme ich sie ...
Huch!
Jetzt aber!
Sah deine Karte wie diese Zeichnung aus?
Magie!

Spitzkopf! Meine Erzfeindin! Hast DU etwa das Signal von Klaustrofibi aktiviert?
K
S
Ja, Klaustrofibi. Ich wollte dich zu deinem Namen befragen.
Er lässt vermuten, dass du dich vor geschlossenen Räumen fürchtest.
Nö. Ich habe ihn ausgesucht, weil er cool klingt.
Aha ...
Das heißt, deine Angst vor geschlossenen Räumen hat nichts mit deinen Superkräften zu tun?
Ich habe keine Angst vor geschlossenen Räumen.
Vielleicht ist das meine Superkraft: keine Angst vor geschlossenen Räumen zu haben!
Diese Kraft ist nicht super.
Sagt der Bösewicht mit dem Horn im Gesicht als Superkraft.
S
dana

Warum überquert ein Huhn die Straße?
Ich spekuliere nicht über die Motive flugunfähiger Vögel.
dana
Das ist ein Witz.
Eher eine Regel, die ich **strikt** einhalte.

Zieh endlich LEINE, Winter!
Mm? Mm?
YEAH!
Danke für die Unterstützung.
dana

„Gründe für ein gemustertes Fell:"
„1. Um sich zu tarnen.
2. Um Raubtiere abzuschrecken.
3. Um Partner zu beeindrucken."
4. Um Fibi zu bespaßen.
5. Um nicht todlangweilig herumlaufen zu müssen.

Ein Pferd ist ein Pferd ja klar wie wahr!
Serien über sprechende Pferde sind so unrealistisch!
Hier steht, dass sie das Pferd zum „Sprechen" gebracht haben, indem sie Erdnussbutter in sein Maul geschmiert haben.
Warum machst du das nie bei mir?
Du sprichst doch eh.
Wofür ich mit Erdnussbutter belohnt werden sollte!
dana

Gnnnh mmflm. Ffffgnhh!
Gnnn! Mmpffft. Pffffrt.
In deinem Fall scheint Erdnussbutter genau das Gegenteil zu bewirken.
Mmpf!
dana

Mom, gehst du heute einkaufen?
Ja, warum?
Weil ich die ganze Erdnussbutter an mein Einhorn verfüttert habe.
Und mich wirft man im Netz aus allen Elternforen, weil ich angeblich „Sachen erfinde".
Sorry.
dana

Erdnussbutter gehört zu den menschlichen Erzeugnissen, die ich mag.
Gibt es noch andere Sachen, die du magst?
Eiscreme ... Müsli ... Textnachrichten ... Rollschuhe ... Pferdeanhänger ...
Pferdeanhänger?
Sehr praktisch bei Stau auf der Milchstraße.
dana

Warte mal.
Hast du gerade gesagt, dass du gerne ROLLSCHUH LÄUFST?
Äh ... ja.
Das hätte ich besser verschwiegen.
ZEIG'S MIR, ZEIG'S MIR, ZEIG'S MIR!

Gibst du mir den Rollschuh?
Ich bin einfach … **fasziniert**.
Du wirst noch faszinierter sein, wenn ich ihn trage.
dana

Heute üben wir zeichnen.
NEGATIVRÄUME.
Zeichne alles **außer** Maiglöckchen.
Kritzel
Kritzel
Kritzel
hi
hi
Dass du weißt, wie Belgien aussieht, ist irgendwie beeindruckend.

Ich rolle jetzt los.
Spring aber **bloß** nicht auf!
Warum?
Würdest du mit einem Hexenhut Rollschuh laufen?
Sehe ich etwa aus wie ein Hexenhut?
Du bringst mich ebenso aus dem Gleichgewicht.
dana

Sehr elegant!
Ich weiß!
Warum hast du dein Hobby bisher verheimlicht?
Weil es äußerst **blamabel** wäre, vor dir auf die Nüstern zu fallen.
So blamabel, wie wenn du in unsere Vorhänge schnäuzt?
Die alten Einhornschriftrollen besagen eindeutig, dass das zum GUTEN TON gehört!
dana

Wenn du dich nicht vor mir blamieren willst, heißt das dann, dich interessiert, was ich denke?
Alles okay?
Manche Erkenntnisse sollte man nicht auf Rollschuhen haben.
dana

Mich hat noch **nie** interessiert, was ein Mensch von mir hält.
In deinem Fall ist das irgendwie anders.
Vielleicht, weil ich der wichtigste Mensch **auf der Welt** bin?
Das ... wollte ich damit nicht sagen.
„So höret die Legende von Fibi, dem erstaunlichen Kind, dessen Meinung einem Einhorn irgendetwas bedeutete."
dana

Ehrlich gesagt mag ich es, wenn du dich ein wenig lächerlich machst.
Warum hast du dann bei meiner Comedy-Show nicht gelacht?
dana
Deine Witze über alternative Hufpolituren waren einfach zu hoch für mich.
Dabei sind sie zum Totlachen schlecht!

Können wir jetzt etwas machen, bei dem ich mich als Zweibeiner **nicht minderwertig** fühle?
Einhorn!
dana

Los, Beate Brombeere, öffne das Tor zur Glitzerstadt.
Warum gibst du mir Anweisungen?
Weil ich Prinzessin Sonnenschein spiele.
In **meiner** Welt bekleiden Prinzessinnen eine rein zeremonielle Funktion.
Das Gremium der Spitzesten trifft alle wichtigen Entscheidungen.
Ganz früher entschied die Spitze des Horns über eine Aufnahme. Heute wird gewählt, und es gewinnt, wer am besten Freestyle tanzt.
Außerdem ist das Tor auf deiner Seite.
Ich mache es auf.

Was machst du da?
Bald ist Valentinstag.
Wir sollen **allen** Kindern eine Karte schreiben und nicht nur denen, die wir mögen.
Ich arbeite an einer Karte, die den Geist des Heiligen Valentins erfasst.
„Ich mag dich lieber als Recyclingpapier."
In einigen Fällen stimmt das sogar.
dana

Die Karten schreiben sich eigentlich fast wie von selbst.
Es gibt zwei Ausnahmen.
Darf ich?
Max, den du beeindrucken und Daria, die du beleidigen willst. Und für beide fehlt es dir an Inspiration.
Du kennst mich erschreckend gut.
Du redest nur viel.
dana

Die Texte für deinen Schmusi **und** deine Erzfeindin sollten subtil, aber bedeutungsvoll sein.
In Max' Fall etwas wie … äh …
„In meinen Augen bist du prachtvoller als der stattlichste, leckerste Heuballen."
Das ist auch nicht schlechter als meine Entwürfe.
Der Heuballen, mit dem du Daria vergleichst, sollte natürlich **viel kleiner** sein.
dana

VALENTINSTAG

Wen haben wir denn da: das Mädchen mit dem Hut, den Jungen mit den Sommersprossen ...
... das Kind, das durch die Nase pfeift, Herr von Demutsleben ... hä?
biep biep biep
Wer zum Henker **IST** das?
PLING!
Glöckchen?
Schnell, sieh dorthin statt auf die Valentins-karte, die ich überall gesucht habe!
dana

Warte mal, die Karte ist **AN** Herrn von Demutsleben adressiert.
Und stammt **VON** ... Maiglöckchen Samtnüster!
Was soll das heißen?
Dass Herr von Demutsleben eine Karte bekommen hat, in der steht, dass er meine beste Freundin ist und vom Affen abstammt.
dana

Montagsstuten staksen zum Fressen.
Dienstagsstuten werden vermessen.
Mittwochspferde lieben Birnen.
Donnerstagspferde pieksen Stirnen.
Freitagseinhörner stürzen zu Boden.
9.2
Samstagseinhörner schlafen nie oben.

Ich **wusste** es! Ich habe tatsächlich deine Karte mit der von Herrn von Demutsleben vertauscht.
Wer ist Herr von Demutsleben?
SEUFZ
Bist du **verknallt**?
Er hat den schönsten Widerrist von allen.
dana

Herr von Demutsleben ist das bescheidenste Einhorn, das ich kenne.
Er ist so bescheiden, dass er sich **nie zeigt**.
Man munkelt sogar, dass er vor der **ganzen Welt** zu verbergen sucht, dass er das schönste Einhorn auf Erden ist.
Oder dass er eine Warze als Horn hat.
Das ist die andere Theorie.
dana

Da du **SEINE** Karte hast, hat Herr von Demutsleben **DEINE**. Wir müssen sie uns zurückholen!
Steig auf!
Ist es weit?
Einhörner sind **nie** weit.
Echt?
Ja, wir rücken uns ständig auf die Pelle.
dana

Wie kannst du in jemanden verliebt sein, den du noch nie gesehen hast?
Ist das nicht logisch?
Weil nur eines schöner sein kann als ein Einhorn: die Vorstellung von einem Einhorn.
Vielleicht solltest du eine Tüte über deinen Kopf ziehen.
Vielleicht solltest **du** eine Tüte über **deinen** Kopf ziehen.
dana

Herr von Demutsleben müsste hier irgendwo sein.
Ich spüre seine MAGISCHE AURA.
Jedes magische Wesen hat seine eigene magische Aura.
Und ich?
Wenn man Gerüche dazuzählt auch du.
dana

Hier bin ich!
Herr von Demutsleben!
Hallo, Maiglöckchen.
Das ist Fibi.
Hallo, Fibi.
Hi.
Einen schönen Busch haben Sie da.
Ja? Entschuldigt bitte, ich wollte nicht prahlen.

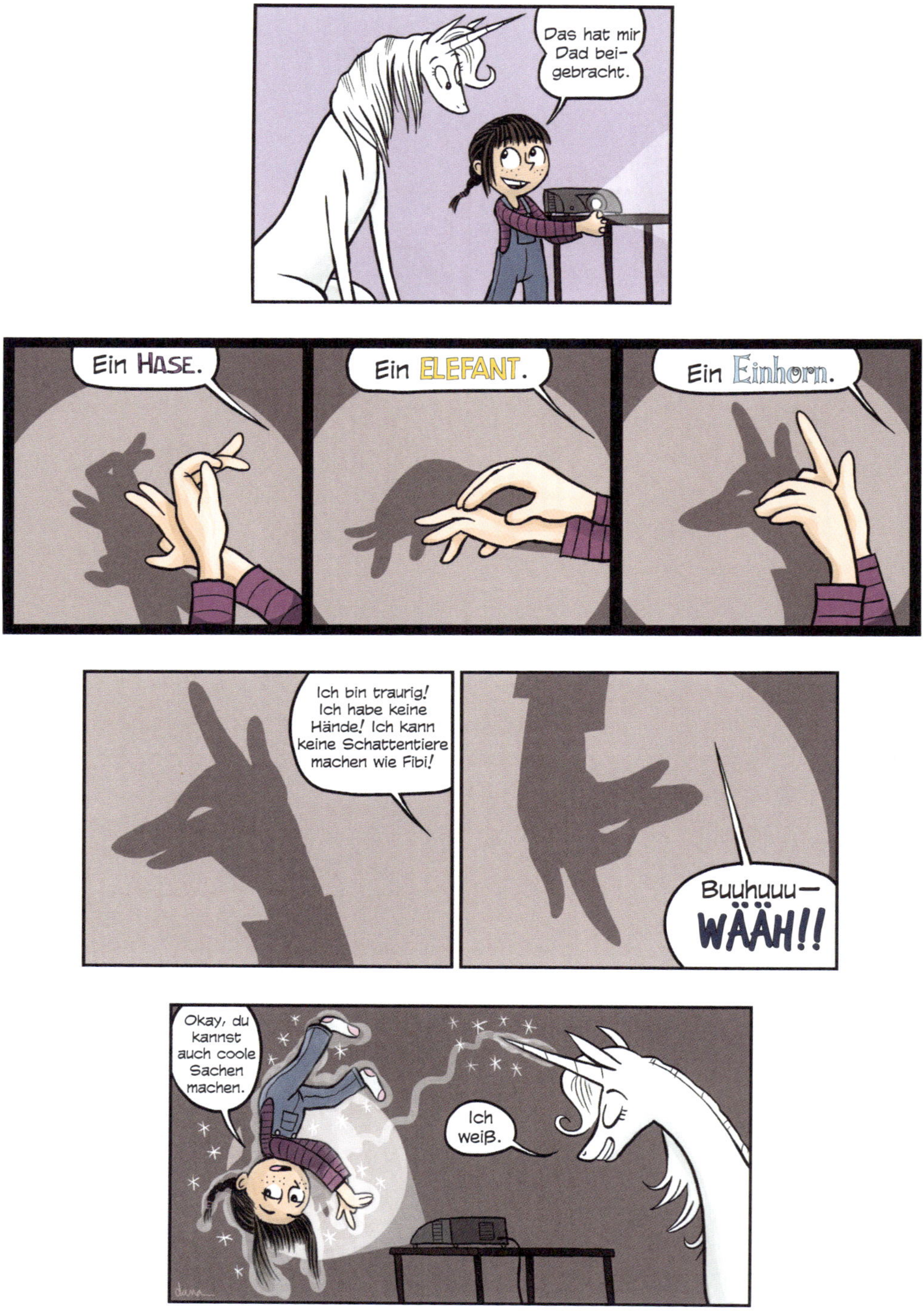
Das hat mir Dad beigebracht.
Ein HASE.
Ein ELEFANT.
Ein Einhorn.
Ich bin traurig! Ich habe keine Hände! Ich kann keine Schattentiere machen wie Fibi!
Buuhuuu–WÄÄH!!
Okay, du kannst auch coole Sachen machen.
Ich weiß.

Ich habe aus Versehen Ihre und Fibis Karte vertauscht.
Das macht Sinn.
Die ist für Sie.
Du kannst sie auf mein Horn spießen.
Möchten Sie sie nicht lesen?
Doch, per **Horn-Osmose.**
dana

Vielen Dank für die schöne Valentinskarte, Maiglöckchen Samtnüster.
Dein Schatz kann ich trotzdem nicht sein.
Um meinen Ruf zu wahren, muss ich mich **demütigst** von allen Bewunderern fernhalten.
Verstehe. Viel Spaß in Ihrem Busch.
Ich danke dir, den werde ich haben.

Tut mir leid, dass Herr von Demutsleben nicht dein Schatz sein kann, Glöckchen.
Ist nicht schlimm.
Die Namen von Einhörnern sind schicksalsträchtig.
Er ist mit **wahrer** Bescheidenheit geschlagen.
Während **du** nur mit samtigen Nüstern geschlagen bist?
Ist das nicht fabelhaft?
dana

Liebe Fibi,
obwohl du ein seltsames Äffchen bist, bist du meine beste Freundin, und ich trage dich in meinem Herzen.
Maiglöckchen Samtnüster
Möchtest du mein artübergreifender, platonischer Valentinsschatz sein?
Nur wenn du es anders formulierst.
dana

Herr von Demutsleben hat mir eine Dankeskarte geschickt.
„Liebe Maiglöckchen, vielen Dank für Deine Karte. Im Gegenzug mögest Du einen Blick auf mich erhaschen."
„Allerdings darf es kein schmeichelnder Anblick sein."
Ist das ein Detail von seiner Achselhöhle?
Von seiner vorderen Kniehöhle.
dana

Ich glaube, Herr von Demutsleben hat einen Sprung in der Schüssel.
Bei genauerer Betrachtung hat wohl jeder einen Sprung in der Schüssel.
BWAH.
Ganz genau.
dana

Tanze, als würde dir die ganze Welt zusehen!
Und hoffe, dass dich keiner erkennt.

schnäuz
Die Art, wie du in den Ärmel schnäuzt, ist **äußerst unelegant**.
Du schnäuzt doch auch in meinen Ärmel.
ABER MIT ELEGANZ.
dana

Was isst du da?
Heu.
Du und dein Heu ... Du bist doch kein Stalltier, sondern ein Geschöpf des Waldes.
Das ist **hand-gebundenes** Heu.
Und das ein handgemachter Fruchtriegel. Ich bin auch hip.
dana

DRIVE-
IN

Hier steht nirgends, dass mein Fahrzeug kein Einhorn sein darf!
Hilft es, wenn ich wie ein Auto brumme?
BESTELLE HIER
dana

Haa...
Haa...
HAAA...
...TSCHIIII!
Wahre Freunde beenden das Niesen des anderen.
Das höre ich zum ersten Mal.
Aber danke.
dana

SHNURRCH
... shnrch?
Was ist denn los?
Sehr elegant, dein Geschnurrche!
dana

Glaubst du, dass Menschen gut oder schlecht sind?
Ich glaube, Menschen sind ... menschlich.
Unausweichlich, bedauernswert und widerlich.
Heeee.
Du hast gefragt.
dana

PLATSCH
Ist dein Fell schlammabweisend?
Manchmal.
Schau mal.
FIBI IST COOL
Das ist **FAST** besser, als **nicht** in eine Pfütze zu fallen!

KLONK
Das ist eine an mich adressierte, magische Nachrichtenkugel!
Und wieso ist sie auf MICH geklonkt?
Weil ich dich als mein Notfallkontaktklonk angegeben habe.
Na super.
dana

Spieße die Nachrichtenkugel auf mein Horn.
Maiglöckchen Samtnüster, Herr von Demutsleben lädt dich herzlich zu seiner Geburtstagsparty ein.
Du darfst auch die seltsame pinke Kreatur mitbringen.
Ich habe einen Namen.
Wie heißt sie noch, „Fiepsi“ oder so ähnlich?
dana

Wow, ich bin auf eine Einhorngeburtstagsparty eingeladen!
Ja, nur …
Es sieht Herrn von Demutsleben gar nicht ähnlich, sich selbst mit einer Party zu beehren.
Etwas ist faul …
… im Staate Dänemark!
Wie bitte?
Ich dachte, wir zitieren Shakespeare.
dana

Mom, ich muss auf einen Einhorngeburtstag, um ein Rätsel zu lösen. Was soll ich anziehen?
Früher hatte ich genau die gleichen Probleme.
Wirklich?!
Nein. Natürlich nicht.

Wenn ich dich mit auf die Party nehmen soll, müssen wir dich zuerst schmucken.
Schmucken?
Damit du **schmuck** aussiehst.
Mom sagt, dass ich immer schmuck aussehe.
Schmuck ist gut, aber **schmucker** ist besser.
Ein wenig **Schmurks** wäre auch gut!
Kann es sein, dass du in letzter Zeit Wörter einfach erfindest?
dana

Du weißt doch, dass ich meinen eigenen Stil habe. Ich wäre nicht mehr ich, wenn ich zum Beispiel als Prinzessin ginge.
Ich verstehe. Wie wäre es, wenn du deinen eigenen Schmurks entwirfst?
Super Idee!
Ob mir ein Diadem aus Fischstäbchen stehen würde?
Bitte lass mich das nicht bereuen.
dana

Du spielst „Einhorn"?
Jupp.
Warum so betrübt?
Weil Beate Brombeere nicht mehr up to date ist.
In der Serie hat sie jetzt Flügel! Was soll ich machen? Sie gegen ein neues Modell eintauschen?
Außerdem geht im Internet das Gerücht um, dass Violetta Velours bald zwei Köpfe haben soll. Das heißt, ich müsste sie auch neu kaufen!
dana
Kapitalismus nervt.
In der Tat. Zum Glück betrifft er selten **echte** Einhörner.

Hallo, Maiglöckchen.
Hallo.
Hübsch siehst du aus.
Das liegt an meinem **Schmurks**.
Ist Fibi auch aufge-schmurkst?
Könnte man so sagen.
Ich hoffe doch sehr, dass man das so sagen kann.
DAD! ICH BRAUCHE MEHR LUFTSCHLANGEN UND KLEBEBAND!
dana

ICH KOMME!
Seht her!
Muss ich?
Ich fürchte, dir bleibt keine andere Wahl.
FIBI
dana

Dauert es noch lange, bis wir da sind?
Es dauert nie lange.
dana
Unsere Welten sind wie Radiostationen, die auf Kurzwelle überlappen.
Was ist eine Radiostation?
Ich werde alt.

Hier haben wir uns kennengelernt.
Richtig!
Am Ort des Übergangs.
Wir treten nun **hinter den Vorhang.**
Hing der Vorhang da schon immer?
Unterschätze nie den SCHUTZSCHILD DER LANGEWEILE.
dana

Willkommen in meiner Welt.
Gefällt sie dir?
Ist der funkelnde Turm ein Handymast?
Klar.
Dann ja!

Schön ist es hier! Und warm.
KRÄCHZ!
KRÄ-BUMM
So warm, dass Vögel in Flammen aufgehen.
Das ist Puki, der Phönix. Er macht aus allem ein Drama.

Bevor wir ankommen, muss ich dich noch über die wichtigsten Einhornpartyregeln aufklären.
Sieh Einhörnern immer in die Augen. Vermeide möglichst alle toten Winkel.
FIBI
Bohre nie in der Nase, selbst wenn keiner hinsieht.
Und **ganz** wichtig …
ISS MIT DEM GESICHT.
FIBI
Was?
Iss mit dem Gesicht.
FIBI
Warum?
Einhörner haben keine Hände. Das wäre Angeberei.
FIBI
Was, wenn ich mich aus Versehen doch an meine Tischmanieren erinnere?
Wer IST dieses schreckliche Fingermonster, das **ich nicht** mitgebracht habe?!
FIBI
dana

Da wären wir.
Wir Einhörner versammeln uns meist an der Immergrünen Bucht.
Happy Birthday
Wie poetisch.
Früher nannten wir sie Stinkebucht, aber wir haben sie umgetauft.

Name.
Maiglöckchen Samtnüster.
Wie ich sehe, hast du das Menschenkind mitgebracht, mit dem du neuerdings deine Zeit verbringst.
FIBI
Wie auch immer. Viel Spaß.
DANKE!
FIBI
dana

Herr von Demutsleben, wie schön, Sie wiederzusehen!
Wie passend, sich demütigst in einer Mülltonne zu verbergen!
Spreche ich mit einer Eiswaffel?
Aber sowas von!
FIBI
dana

Ich bin ... umgeben von Einhörnern.
FIBI
Das habe ich mir zum 6. Geburtstag gewünscht.
FIBI
Ich hätte mir eine lockerere Atmosphäre dazu wünschen sollen.
FIBI
Du bist also ein Mensch.
Wie erschreckend faszinierend.
dana

Hat IRGENDJEMAND Herrn von Demutsleben gesehen?
Er ist nicht hier, Maiglöckchen Samtnüster.
Ehrlich gesagt, ist das eine INTERVENTION.
Wir sind hier, um mit dir über dein Problem zu sprechen.
Ich habe keine Ahnung, was ihr meint.
FIBI
Wenn ich schon nicht mit den Händen essen darf, darf ich dann das?

Maiglöckchen, deine Freundschaft mit diesem Menschen stört uns aus verschiedenen Gründen.
SIE IST EKLIG!
Sie ist eklig.
Eure Liste ist nicht sehr lang.
Nein, im Rückblick nicht.

Ich besitze dieses Handy seit einem Jahr.
Als ich es bekam, war es **toller** als Darias, die ein älteres, **nicht** so tolles Handy hatte.
Jetzt ist **mein** Handy älter, weil **Daria** ein neues bekommen hat.
Mom und Dad wollen mir aber kein neues Handy kaufen, weil **dieses** noch funktioniert.
Hätte ich ein Jahr gewartet, hätte ich zwar ein **besseres**, dafür aber ein ganzes Jahr **ohne** Handy leben müssen.
Es gibt einfach kein perfektes Timing. Man müsste in die Zukunft sehen können.
Zum Glück gibt es nicht immer neue Einhornmodelle.
Wir sind immer auf dem neuesten Stand!
dana

Herr von Demutsleben wird nicht erfreut sein, dass ihr ihn benutzt, um mir eine Falle zu stellen.
FIBI
Wäre er hier, würde er—
Aber ich **BIN** hier!
FIBI
Ich hätte anscheinend unter die Eiswaffel schauen sollen!
April, April!
dana

Natürlich wusste ich, dass mich diese dummen Dinger für ihre „Intervention" missbrauchen würden.
Deswegen bin ich hier.
dana
Mir GEFÄLLT, dass deine beste Freundin ein einfaches Menschenkind ist. Es zeugt von ... nun ...
FIBI
Äußerster Bescheidenheit?
Das würde dir so passen.

Maiglöckchen Samtnüster, angesichts dieser Verteidigung ...
... haben wir entschieden, dass uns deine Freundschaft mit dieser ... Kreatur weniger ekelt als angenommen.
FIBI
FIBI
Einhornent-schuldigungen—
Sind immer hölzern.

Da fantasiert man sein Leben lang über Einhörner und fragt sich, wie sie wohl wirklich sind, ...
... nur um herauszufinden, dass keines wie das andere ist.
FIBI
Wie Äpfel!
Meinst du damit, dass einige Einhörner schlecht sind, oder dass du Äpfel magst?
Dank meiner Intelligenz meine ich beides.
dana

Ich liebe den Frühling! Du nicht auch?
HA... HA...
TSCHI!
Ich hege gemischte Gefühle.
Dein Schweif sieht aus wie ein Löwenzahn.
dana

Mom, haben wir noch andere Antiallergika?
Hast du im Bad nachgesehen?
Die sind schon leer.
Fibi, sag den Köpfen deiner Mutter, dass ich nicht mehr niesen muss!
dana

piep
piep
Guten Morgen! Bin schon wach, kann ich kommen?
Hm … bin noch ganz ZERZAUST.
tip
tip
tip
Und ich zerbogen.
dana

Erzähle mir mehr von deinen magischen Fähigkeiten.
Damit du **noch mehr** magischen Unfug anstellen kannst?
Bin ich so durchschaubar?
Nicht **ganz** so sehr, wie du sein **könntest**.
dana

Du könntest mich **unsichtbar** machen?
Ja.
Damit ist aber **nicht** zu spaßen.
Ich wüsste nicht, warum ich damit spaßen sollte.
Natürlich wüsstest du das.
Ohne mein Handy weiß ich gar nichts.
dana

Möchtest du denn unsichtbar sein?
Erst, seitdem **du** es vorgeschlagen hast.
Ich habe **gar nichts** vorgeschlagen.
Jemand hat es vorgeschlagen.
Vielleicht sogar jemand Unsichtbares!
Jetzt fantasierst du aber.
dana

Wenn du wirklich unsichtbar sein möchtest, solltest du zuerst unsere Broschüre lesen.
Sie heißt: „Unsichtbar? Na klar!"
dana
Und **WO** ist sie?
Das wissen wir nicht. Seit sie unsichtbar ist, kann sie niemand mehr finden.

Wenn du unsichtbar wärst, würde ich es vermissen, dich zu sehen.
Weil ich so süß bin?
Hm.
Weil mein Lächeln wie Sonnenstrahlen dein kaltes Herz erwärmt?
Ja, ja.
Gib es zu! Ich bin die Sonne, um die du kreist!
Du bist grell wie die Sonne und nervig wie ein Sonnenbrand.

Mit fällt **kein einziger** Grund ein, um unsichtbar sein zu wollen.
Andererseits wäre es dumm, die Gelegenheit **nicht** zu nutzen.
Also gut ...
Ich schenke dir einen Gutschein zur Unsichtbarifizierung. Er ist jederzeit einlösbar.
Hast du wieder ein Wort erfunden?
Einhorn.

?
flap flap flap
!!
swish
tap
frap
swoush
Was machst du da hinten?
Ein YouTube-Video.
dana

Der heutige Tag wird total irre und übertrieben bewusstseins-erweiternd!
Heute entscheidet sich die **Zukunft der menschlichen Rasse** im Raum-Zeit-Kontinuum!
Ist heute nicht das Vorsprechen für die Theater-AG?
Richtig. Sag Hallo zu DRAMA-FIBI.

Ich bin jetzt in der 5. Klasse!
Bestimmt ist das Stück dramatischer als letztes Jahr.
Hoffentlich gibt es starke weibliche Rollen ... und tiefe Einblicke in die Natur des Menschen.
Lautet der Titel des Stücks nicht „Milia Marienkäfer und der verlorene Lolli"?
Oder in die Natur der Insekten.
dana

Vorsprechen für
MILIA MARIENKÄFER
DU sprichst für die HAUPTROLLE vor? Püh.
Soll ich dir sagen, warum ICH sie bekommen werde?
Weil Hauptrollen nie an Schwarzhaarige gehen.
Marienkäfer haben gar keine Haare.
Symbolisch gesehen, Dummie.
dana

Vorsprechen
Um was geht es in dieser Szene?
Du hast deinen Lutscher verloren.
War der Lolli wichtig? Hatte ich eine enge Beziehung zu ihm?
Das ist vollkommen egal.
Dann stelle ich mir vor, dass es mein Glückslolli war.
dana

Ich bin ein Käfer ohne Lolli.
Er ging verloren auf 'nem Collie!
Bitte schenkt mir einen **NEUEN**, ...
... sonst werdet ihr's **BEREUEN**!
Da staunst du, Einhornmädchen.
Über die Kulisse vielleicht.

Und, wie ist das Vorsprechen gelaufen?
Schwer zu sagen.
Ich habe meinen Part sehr einfühlsam vorgetragen, während Daria total übertrieben hat.
Ich kenne so gut wie keine einfühlsamen Insekten.
LÜÜÜÜÜÜÜGNER!
Siehst du.
dana

3 ... 2 ... 1
ICH KOMME!
So macht Verstecken **KEINEN SPASS**.
Meine Schönheit zu verstecken, wäre eine Schande.
dana

Könntest du mir die Hauptrolle mit deinen **magischen** Fähigkeiten beschaffen?
Könnte ich, wenn ich wollte.
Doch was wäre ich für eine Freundin, wenn ich **ALLES** für dich täte?
Die Allerbeste!
Ich musste noch nie auf Bestechung zurückgreifen, um **das** zu hören.

Glückwunsch, Dummdumm.
Du hast die Rolle von Milia Marienkäfer bekommen, während **ich** Judith Junikäfer spielen muss.
Tut mir leid, Daria.
Tut es nicht.
Das Schauspielern muss ich wohl noch **etwas** üben.
dana

Herzlichen Glückwunsch zur Hauptrolle!
Danke!
Hilfst du mir beim Üben?
Ich bin Milia Marienkäfer und du Spinnerich.
Muss ich für die Rolle Verdauungsenzyme auf meine Beute spucken?
KANNST du das etwa?
Keine Ahnung. Bisher musste ich es nie.
dana

Deinen Lolli hab ich gut versteckt,
finstre Pläne dazu ausgeheckt!
Will mit List und Tücke suchen,
und am Ende einen Sieg verbuchen!
Alle Qualen sind willkommen, Wicht,
denn ohne meinen Lolli WEICH ICH NICHT!
Die Rolle ist perfekt für mich!
Stimmt, deine Lollis verschwinden auch immer!
dana

Lass uns die Szene üben, in der Milia Marienkäfer endlich ihren Lutscher findet.
Soll ich sie SO spielen?
Oder lieber SO?
Oh ... oder wilde Freudentränen vergießen?
Ich könnte dich im entscheidenden Moment pieksen!
dana

Gute Nacht, mein kleiner Star.
Du, Mom?
Wenn man mich während der Schulaufführung entdeckt und ich eine oberflächliche Hollywooddiva werde, backst du dann trotzdem noch sonntags Waffeln für mich?
Nur wenn du sie **bezahlst**.
Ruhm hat seinen Preis.
dana

Ich mochte den Film!
Ich fand ihn unlogisch.
Niemand kann mit Motorrädern über Hubschrauber springen.
Filme müssen nicht immer realistisch sein.
Vielleicht hast du recht.
Gehen wir raus?
Draußen ist auch nicht immer alles logisch.
Für mich schon.

Dad, bist du ein „Schneiderlein"?
Ich bevorzuge den Ausdruck „Schneider".
Naa, wie geht's meinem tapferen kleinen Schneiderlein?
Ich weiß manchmal nicht, wer kindischer ist, du oder deine Mutter.
Marienkäferkostüm
dana

Morgen ist der große Tag!
Bist du nervös?
Ich habe **Lampenfieber**!
Lampen können Fieber
bekommen?
Das ist eine
Redewendung.
Sag das besser
nicht den Lampen.
dana

Vielleicht werde ich morgen entdeckt und endlich reich und berühmt!
Ich muss mir merken, wie ich mich jetzt fühle, damit ich auf dem Teppich bleibe.
dana
Mit einem Einhorn als Nachtlicht, das Beethoven schnarcht, ist das schon schwer genug.
Z

RING
Unnnh.
Oh NEIN.
Was?
OH NEIN
OH NEIN
OH NEIN
WAS?
Ich fühle mich krank!
Fühlst du dich krank oder hast du nur das Gefühl, dich krank zu fühlen?

Ich kann doch nicht am Tag der Schulaufführung krank sein. AAAH!!
Klar kannst du!
Du kannst ALLES, wenn du nur fest genug an dich glaubst.
Du verstehst es einfach nicht, oder?
Möglich. Ihr Menschen seid mir immer noch ein Rätsel.
dana

Wenn ich nicht zur Schule gehe, darf ich heute Abend **garantiert** nicht auftreten!
Haben Einhörner nicht magische Heilkräfte?
Die sind kaum der Rede wert.
dana
Was heißt „kaum"?
Wir haben Ingwerlimonade und Taschentücher.

Danke an Ronnie Simonds

Wenn ich im Stück auftreten will, muss ich so tun, als wäre ich gesund.
Das heißt einfach nur, dass ich **noch mehr** schauspielern muss.
Was okay ist, da ich sowieso vorhatte, heute Abend ein Marienkäfer zu sein!
Dabei ist sonnenklar, dass du Fibi bist.
Nur weil du mich **kennst**.
dana

Fibi? Bist du krank?
stöhn
Warum warst du so lange im Bad?
Ich habe ... äh ...
Gesungen.
Wohl eher gereihert.
Das ist der neue Reihersong.
dana

Fräulein, du bleibst heute zu Hause!
NEIN!
Bittebittebitte! Lass mich gehen! Ich VERSPRECHE, dass ich niemanden anstecke!!!
Wie soll das gehen?
Hast du nicht gesagt, dass alles möglich ist, wenn man an sich glaubt?
Das war bevor du dein Zimmer zur autonomen Zone erklärt hast.
F.i.b.i. glaubt noch immer an das Recht zur Selbstverwaltung.
dana

Ich kann nicht glauben, dass ich meinen Auftritt verpasse!
Ich weiß, Fibi, und es tut mir leid.
Dafür bist und bleibst du **mein** kleiner Marienkäfer.
Ich muss wieder reihern. Das liegt aber nicht an dem, was du gesagt hast.
Hätte mich auch gewundert.
dana

Eigentlich bin ich **gerne** krank.
Ich kann auf der Couch liegen, Kekse essen und den ganzen Tag fernsehen.
Trotzdem hätte es **blöder** nicht laufen können, weil jetzt diese Gans Daria für mich einspringen wird.
Daria ist so fies. Sie vermiest mir sogar das Kranksein.
Was selbst Erbrochenem nicht gelingt.

Wenn sie pünktlich angefangen haben, dürften sie jetzt bei meinem—
... ich meine Darias Solo sein.
Wer ist denn dieser Schlääääger?
So behandelt man doch keinen KÄÄÄÄFER
KLAPP KLAPP KLAPP KLAPP KLAPP
dana
Einhornapplaus ist **so viel** befriedigender als Elternapplaus.
Ja, wir sind die Besten.

Cool! Unsere Versicherung deckt Vulkanschäden ab!
Sie greift sogar, wenn unser Haus von Weltraumschrott getroffen wird.
Wow! Selbst Nuklearkatastrophen sind kein Problem! Aber NUR, WENN—
Ja, Schatz, unsere Versicherung ist beeindruckend.
Weißt du noch, warum du uns das vorliest?
Richtig, richtig.
Hier steht nichts von fehlgeleiteten Einhörnern, die Löcher in Wände bohren.
Sicher, dass „Weltraumschrott" nicht zutrifft? Schließlich haben wir „Prinzessin Andromeda, Bezwingerin der Galaxien" gespielt.
Eventuell wurde ich etwas ungeschickt bezwungen.
dana

Mir graut davor, zurück in die Schule zu müssen.
Besonders vor Daria, die es sicher nicht erwarten kann, mir ihren Erfolg unter die Nase zu reiben.
Ich brauche einen Plan.
Ich könnte mich rächen, indem ich sie „Drangsalia" nenne.
Nein.
Oder „Drachia", wobei dieser Name für ein anderes Szenario reserviert ist.

Okay, ich bin bereit: Bringen wir es hinter uns.
Danke, dass du mir die Tour vermasselt hast, **Trottel**.
Hä?
Weil du krank warst, musste ich **deinen** Part übernehmen, dabei hatte ich nur **meinen** einstudiert.
Mein Ruf ist **ruiniert**!
Entschuldigung!
Wie hast **du** nur die Hauptrolle bekommen?

SCHULE
Ich **wollte** doch gar nicht krank werden und das Stück verpassen.
Tja, dumm gelaufen. Für uns beide.
dana
Und was machen wir jetzt?
Uns neue Hobbys suchen.
Was würde wohl ein **echter** Marienkäfer machen?
Ich habe keine Ahnung.

Ich sage, wir spielen die Schlüsselszene zwischen Milia Marienkäfer und Judith Junikäfer in der Kantine nach!
Hmm. Okay.
WOO HOO!
Lass uns das mit einem **geheimen Käferhandschlag** besiegeln!
Auf **keinen** Fall.

Mein Kostüm ist zu Hause.
Meins auch, aber kein Problem!
MAGISCHES EINHORN, EILE GESCHWIND DURCH NACHT UND WIND!
Kannst du uns—
Erst wenn ich fertig posiert habe.

Schau mal!
Die habe ich in der ganzen Schule verteilt.
Daria & Fiepsi präsentieren Judith Junikäfer & Milia Marienkäfer – das große Finale
Wann: Mittagspause
Wo: Kantine
Mein Name ist falsch geschrieben.
„Fiepsi"? Ist doch okay so.
dana

Sind Sterne oder Einhörner älter?
Sterne.
Wusstest du, dass ganz früher viele Einhörner sehr eifersüchtig auf das Funkeln und Glänzen der Sterne waren?
Und niemand war eifersüchtiger als KÖNIG GLANZ VON DONNERSBERG.
Irgendwann hatte er die Nüstern so voll, dass er seinen Untertanen befahl, die Sterne mit gesenktem Horn zu attackieren.
Und wie?
Na so.
Der Angriff ging als KLEINER SPRUNG MIT KEINER WIRKUNG in die Geschichte ein.
Geschichte wäre mein Lieblingsfach, wenn sie von Einhörnern geschrieben würde.

Ich würde euch Glück wünschen, doch das bringt im Einhorntheater **Un**glück.
Daher wünsche ich euch, …
… dass ihr grün anlauft, in einen bodenlosen Brunnen fallt und verbrennt.
Menschen sagen „Hals- und Beinbruch".
Wie unnötig brutal.
dana

Also, wie lenken wir die allgemeine Aufmerksamkeit von den Kroketten auf uns?
Überlasst das mir!
Ich aktiviere den mächtigen Anti-Schutzschild der Langeweile.
Einhörner sind mächtiger als Kroketten!
Das versteht sich doch von selbst.

Wir steigen direkt in die dramatischste Szene ein, daher zur Erinnerung ...
Milia Marienkäfer hat erst Busch Nummer 1 nach ihrem Lolli durchsucht und dann Busch Nummer 2, wo ihr ein anderer Käfer begegnet.
Das ... war's auch schon.
Na dann: Showtime!
Wir haben das Stück übrigens nicht geschrieben.
dana

Wehe mir! Alle Hoffnung ist dahin!
Der wicht'gen Suche fehlt jedweder SINN.
Hab gesucht in jedem Busch,
mein schöner Lolli — **er ist futsch!**
dana
Lolli hier und Lolli dort,
EINEN gebe ich noch fort!
So sprich: Ist er unbefleckt?
Ich schwör: Ich hab ihn nicht geleckt!

Ob Freund, ob Feind —
wir stehen zusammen,
lecken Lollis unbefangen.
Meine Suche ist
vollbracht.
Und hat mir sogar 'nen
Freund gebracht.
DANKESCHÖÖÖÖN
KANTINENPUBLIKUM!
Äh ...
Juhu.

Du und Daria scheint euch prächtig amüsiert zu haben.
Ja, ist das nicht verwirrend?
Erst waren wir echte Feinde, dann plötzlich falsche Freunde.
Was wir **jetzt** wohl sind?
Heranwachsende Damen in komplexen Beziehungsgefügen?
Ich dachte eher an „Bühnenfreunde".
Oder „Scheinfreunde"?
dana

Enten sind doof.
Sie schwimmen um einen MAGISCHEN EINHORNREGENBOGEN, haben aber nur Augen für altes Brot.
Enten haben keinen Sinn für Schönes.
Dabei wäre es **schön**, von Enten bewundert zu werden.
Wer würde das nicht mögen.

„Netzfilm" hat heute Morgen die neue Staffel der Lieblingsserie meiner Eltern online gestellt.
Das heißt, sie kleben vor dem Fernseher, bis sie alle Folgen gesehen haben.
Ich kann also MACHEN, WAS ICH WILL.
Das setzt dich unter Druck!
Ich weiß! Mein Mund ist schon ganz trocken.
dana

Da meine Eltern also für **mehrere Stunden** abgelenkt sein werden, ...
... muss ich die Zeit nutzen und etwas machen, das ich **absolut** nicht darf.
Und zwar?
Das ist es ja! Ich habe keine Ahnung!
Man sollte **immer** einen Plan haben.
Das sagt Mom auch immer! Und sie hat ... RECHT.
dana

Was könnte ich nur anstellen?
Du könntest meine makellose Schönheit bewundern.
Ich brauche mehr menschliche Freunde.
Wir könnten auch eine illegale Rasenverkostung in eurer Nachbarschaft organisieren!
dana

Da ist ja Max. Vielleicht kann **er** dir helfen, in Schwierigkeiten zu geraten.
Max hat dieses Jahr **keinen** einzigen Eintrag ins Klassenbuch bekommen.
Und du?
Einen.
Dann weißt du doch, wie man sich Ärger einhandelt.
Nur wenn eine Tafel in der Nähe ist, auf die ich „Daria ist blöd" schreiben kann.
dana

Hi, Max!
Hi, Fibi.
Ich bin unbeaufsichtigt und will etwas machen, das ich nicht darf.
Ich wollte gerade „Explosion auf Explodus" herunterladen, der noch im Kino läuft.
Darf ich den Knopf drücken?
Du bist echt verzweifelt, oder?
dana

Ich hoffe, ihr habt euren Fernsehmarathon genossen.
Während **ihr** nicht auf mich aufgepasst habt, habe **ich** einen illegalen Download unterstützt.
Ich bin **SO STOLZ!**
Das dachte ich mir schon.
Dabei hatte ich mir geschworen, nicht zu weinen, wenn es so weit ist!

Hallo, Fibi.
Hi.
Tust du so, als wärst du ich?
Ich dachte, es würde Spaß machen.
dana

Fibi, ich befehle ich dir, Videospiele zu spielen, statt früh schlafen zu gehen!
NEIN!
NEIN NEIN NEEiiiiiiiN!
Danke, dass du mir bei meinem abendlichen Aufstand hilfst, Dad!
Nichts zu danken, dafür bin ich da.

Ziemlich **windig** heute!
Ich weiß! Ist das nicht WUNDERVOLL?
dana
Sieht meine Mähne nicht verwegen aus?
Dir steht der Wind aber auch gut zu Gesicht!

Wie im wahren Leben, Einhorn, gewinne ich auch dieses Mal **HAUSHOCH!**
N-HNNH hn-LHNN unn **HNNN!**
dana

Und verzapfe dabei sogar noch Unsinn.
Während **ich** unbemerkt fünf Spiele in Folge gewinne.

Was ist deine Lieblingsfarbe?
Weiß!
Weiß ist keine Farbe.
Schwarz?
Grau?
Auch keine.
Immer noch keine.
Plurplur!
Es kann doch nicht so schwer sein, eine Farbe zu nennen!

Plurplur ist eine magische, Einhörnern vorbehaltene Farbe!
Wow! Echt?!
Quatsch, ich nehme dich doch nur auf die Hufe.
Weiß ich doch!
Hehehe.
Meine **tatsächliche** Lieblingsfarbe ist die in deinem Gesicht.
Die nennt man „Glühendes Knallrot".
dana

Du hast recht! Einhörner **können** Staubsaugerroboter reiten.
Die Frage ist nur, wie sie wieder absteigen.
hmmmmmm
dana

Ananasscheibe!
Donut!
Bagel!
Keks mit Loch in der Mitte!

Ob das auch mit Sandwiches geht?
Nach unserem Ausritt wäschst du auf jeden Fall mein Horn.

Was hast du da?
Zwei Fotos von meinem Dad.
Als er so alt war wie ich und heute.
Oh, oh!
Ich **weiß!**
Wirst DU eines Tages auch so haarig sein?
Mom ist es nicht, also stehen die Chancen 50/50.
dana

Und hier Mom, als **sie** so alt war wie ich.
Wenn man gleichzeitig auf beide Fotos starrt, bis sie zu **einem** Bild verschwimmen, dann …
… sieht man Sternchen.
Oder Myriaden schwebender Sommersprossen.
dana

Es ist seltsam, sie sich als Kinder vorzustellen.
Als kleine, verspielte Wesen.
dana
Guck mal, Hase! Gleich kill ich den Oberboss!
Finde ich nicht.
Killekille ... **wo** ist mein Babyboss?
He, lass das!

Glaubst du, wir sind die einzigen im Universum?
Wohl kaum.
Echt?
Wir waren doch eben noch bei deinen Eltern.
Einhörner haben einfach keine Fantasie.
Und fährt da unten nicht ein Auto?
dana

gähn
GÄHN
Z
grpf
... ugh.
Einhorngähner sind überaus magisch.
Dabei hast du angefangen.
dana

Ich hab's! Wir spielen **Marco Polo**.
Tolle Idee! Ich bin gleich zurück.
Du bist China und wir tauschen Pizzarezepte aus.
Ich kenne das Spiel aber anders.

Frag noch mal!
Noch mal?
Frag, frag, frag, frag, frag!
Musst du Hausaufgaben machen?
NEIN! ICH HABE SOMMERFERIEN!!
Noch mal!
Ich hoffe, das geht nicht den ganzen Sommer so.

Wie zeichne ich Gesichtsausdrücke?

Es gibt viele Möglichkeiten Gesichtsausdrücke zu zeichnen, hier siehst Du einige Beispiele von mir:

Schockiert

Sogar die Mähne wirkt geschockt.

Maiglöckchens Augen sind einfach nur kugelrund.

Fibis Augen sind so groß, dass ich sie nicht einmal komplett zeichne.

Wütend

Nach hinten gelegte Ohren.

Zusammengebissene Zähne.

Unbeeindruckt

Eine hochgezogene Augenbraue. (Fibis Augenbrauen verschwinden meist unter ihrem Pony.)

Albern

Fibi gelingt dieser Ausdruck unbestreitbar besser.

Natürlich kannst (und solltest!) Du Dir auch die Gesichtsausdrücke von Menschen ansehen, die Du kennst. Oder schau einfach in den Spiegel!

(Übrigens: Wenn ich Gesichtsausdrücke zeichne, mache ich sie beim Zeichnen nach, ohne es zu wollen. Mein Mann fängt dann immer an zu kichern, wenn er es bemerkt.)

Backe bunt glitzernde Einhornhäufchen!

Maiglöckchen ist viel zu kultiviert, um das Wort „Häufchen" zu verwenden, doch Fibi kennt bei leckeren Keksen kein Halten mehr. Lass Dir beim Backen dieser süßen Leckerei für Dich und Deine Freunde von einem Erwachsenen helfen.

ZUTATEN: Roher, gekühlter Plätzchenteig, vier Lebensmittelfarben, bunte Streusel, essbarer Glitzer

ANLEITUNG:

1. Teile den Teig in vier gleich große Stücke und lege jedes Stück in eine separate Schüssel.
2. Gib je eine Lebensmittelfarbe in eine Schüssel und knete sie in den Teig.
3. Stelle die Schüsseln für dreißig Minuten in den Kühlschrank.
4. Nimm aus jeder Schüssel ein wenig Teig und forme vier gleich lange, dünne Rollen. Drehe die verschiedenfarbigen Rollen spiralförmig zu einem Keks. Fahre so mit dem restlichen Teig fort.
5. Befolge zum Backen die Anleitung auf der Verpackung deines Plätzchenteigs. Lass die Kekse anschließend auf einem Gitter abkühlen.
6. Dekoriere die Kekse mit bunten Streuseln und essbarem Glitzer.

Ergibt circa 24 Kekse.

Falte eine Origamifigur von Maiglöckchens entferntem Verwandten, dem Glückspferd

Falte zunächst die Grundform.

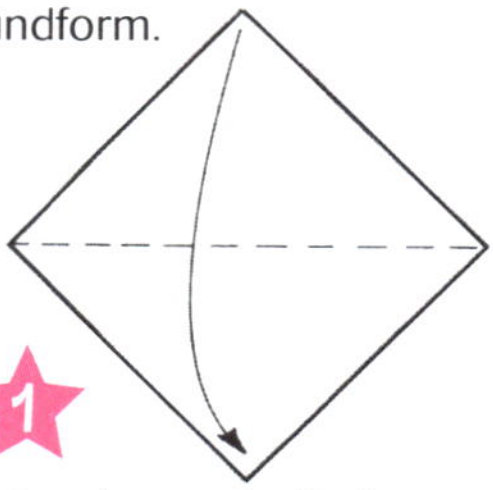

1 Falte ein quadratisches Stück Papier von oben nach unten zur Hälfte wie abgebildet zusammen.

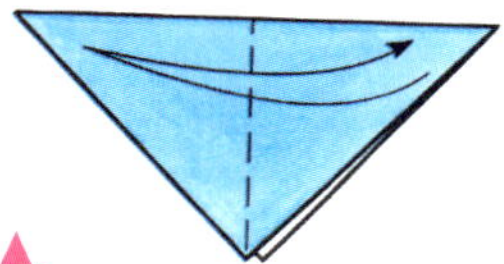

2 Falte es von links nach rechts zur Hälfte zusammen.

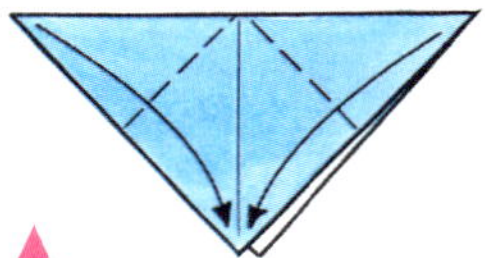

3 Falte von links und rechts zur Mitte.

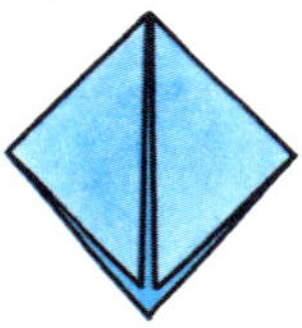

Grundform

Jetzt falte das Glückspferd.

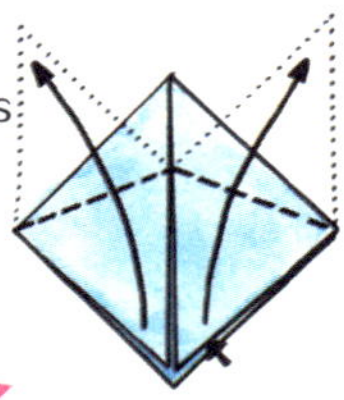

4 Beginne mit der Grundform.

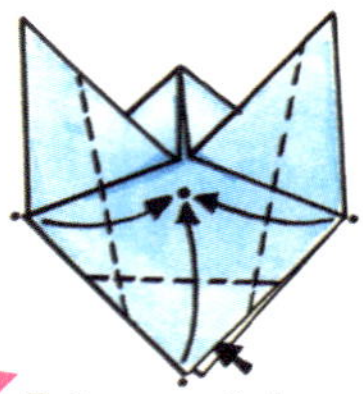

5 Falte von links, rechts und unten wie abgebildet zum Punkt.

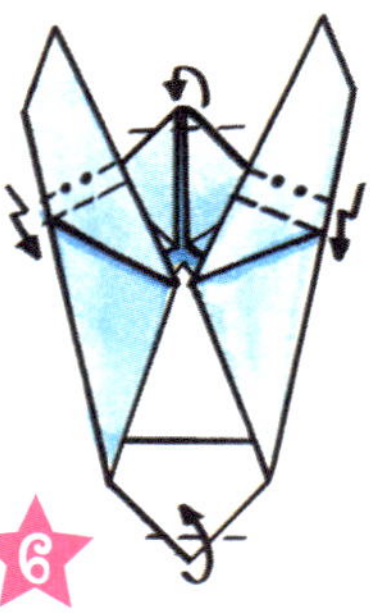

6

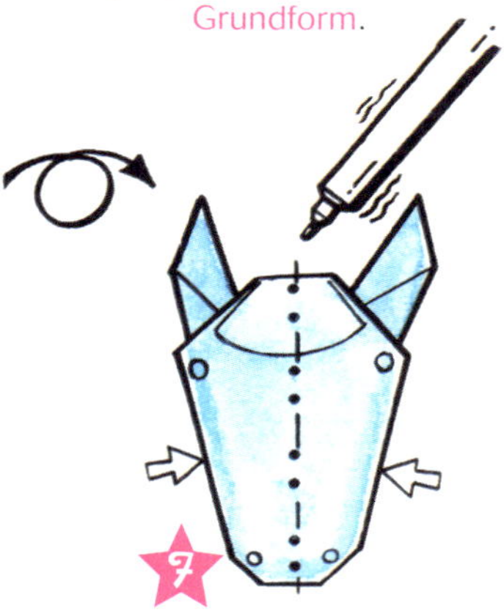

7

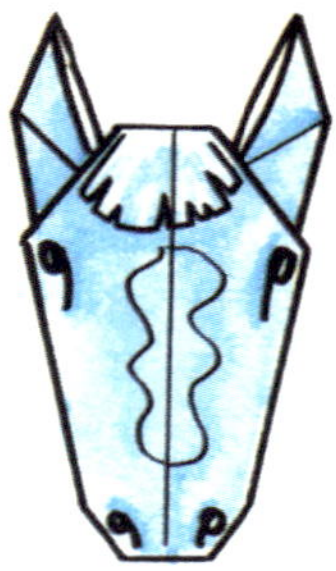

Glückspferd

Danke an Jeff Cole, Autor von „Easy Origami Fold-a-Day Calender 2015" (erschienen bei Accord Publishing, einer Sparte von Andrews McNeel Publishing), für die Faltanleitung.

Titel der Originalausgabe: Unicorn on a Roll
ISBN 978-1-4494-7378-5

Übersetzung aus dem Englischen: Frederik Kugler
Lektorat: Franziska Funcke
Korrektorat: Claudia Boss-Teichmann
Satz: Noch & Noch

Gesamtherstellung: Ullmann Medien GmbH, Potsdam

Printed in Slovakia, 2017

ISBN 978-3-7415-2245-1

10 9 8 7 6 5 4 3 2 1
X IX VIII VII VI V IV III II I

www.ullmannmedien.com
info@ullmannmedien.com
facebook.com/ullmannmedien
twitter.com/ullmannmedien

MIX
Papier aus verantwortungsvollen Quellen
FSC® C129466
FSC www.fsc.org

Band 1

ISBN 978-3-7415-2244-4

Band 3

ISBN 978-3-7415-2292-5

Band 3 ab Februar 2018 überall im Buchhandel und unter www.ullmannmedien.com erhältlich.